U0149147

陳福成編

我與當代中國大學圖書館的因緣

文學叢刊

文史哲出版社印行

國家圖書館出版品預行編目資料

我與當代中國大學圖書館的因緣 / 陳福成編.
--初版 -- 臺北市：文史哲，民 106.04
頁；　公分（文學叢刊；378）
ISBN 978-986-314-362-8（平裝）

856.186　　　　　　　　　106005236

文 學 叢 刊 378

我與當代中國大學圖書館的因緣

編　　者：陳　　　福　　　成
出 版 者：文 史 哲 出 版 社
　　　　　http://www.lapen.com.tw
　　　　　e-mail：lapen@ms74.hinet.net
登記證字號：行政院新聞局版臺業字五三三七號
發 行 人：彭　　　正　　　雄
發 行 所：文 史 哲 出 版 社
印 刷 者：文 史 哲 出 版 社
臺北市羅斯福路一段七十二巷四號
郵政劃撥帳號：一六一八○一七五
電話 886-2-23511028・傳真 886-2-23965656

定價新臺幣三○○元

民 國 一 ○ 六 年（2017）四 月 初 版

著財權所有・侵權者必究
ISBN 978-986-314-362-8　　　09378

自　序

人到了六十幾歲後，不知為何？總經常在回顧自己這一輩子幹過的事，那些是值得的，那些是不值得的。但有些不值得的，例如在野戰部隊時期（四十三歲前），幹過一些「壞事」，給自己帶來不少災難，經過時間的醞釀，內化成智慧的一部份，對中老年的修行或精神素養的提昇，成為有益的養分。所以那些不值得的經驗，也都成為值得的，漸漸的，我覺得人生不論碰到的好壞，對人生經驗而言，都是值得的。

在人生所有值得的經驗中，一定有程度上的差別，「值得→很值得→最值得」。我回顧並清理所有值得的經驗，最值得是我脫離野戰部隊，來到台灣大學進而與兩岸百餘大學圖書館結了因緣。我若不離開野戰部隊，始終在軍隊鬼混，「下場」可能很難看。（可詳見我所著《迷航記》一書）就算下場好一點，就是一介武夫，老軍官退休，成了老榮

民，吃一輩子終身俸，等死罷了！

一九九四年是我生命中重要的一年，命運之神引我來到臺島最高學府臺灣大學，讓我有機會「轉型」成為「創作者」，自此發憤圖強，定位自己成為作家。從一九九四年至今（二○一六年十月），我竟寫作並完成出版的書達百餘本，其中教育部核定用於教科書（大學、專科、高中職）十餘本，軍事類數十本，政治類數十本，，文學類數十本，歷史研究亦不少，其他雜類亦數十本。

寫了這麼多的書，據出版社老闆說全台灣仍沒有第二人，大陸則不知，但能在六十五歲前有百本著作問世，恐怕也未必有！此余不得而知。我所思考的，是寫了這麼多書（寫作已成我消磨時間的唯一方法，像吃了毒品，不寫不知日子要怎麼過！）目前紙本書正在式微，有人預測紙本書會被電子書完全取代，余以為不可能，這是人類社會重要文明和文化。但我這麼多書，怎麼「處理」？我想到一個好辦法，把書送給兩岸大學圖書館，那裡才是「書的家」。

於是，大約從十年前，我不斷把書寄給兩岸各大學圖書館，一箱箱、一包包、一批批，十年來不斷的寄，估計兩岸大約寄給三百個大學圖書館，臺灣有百餘，大陸有近兩百。寄出的書可能數萬本以上，至少上千批。但會有回音（回函致謝）者約三分之一不

到，我把這些回函訊息又印成書，當成紀念也是有系統的整理。這也是我和圖書館的因緣，想想我兩腳一伸走了，尚有兩岸數百大學圖書館典藏我的作品，這是珍貴的因緣。

這些有回訊息的大學圖書館如後。

在《我這輩子幹了甚麼好事》一書上的大學圖書館，二○一四年上半年以前，兩岸各大學圖書館給我的謝函、證書和書信等。我整理成《我這輩子幹了甚麼好事…我和兩岸大學圖書館的因緣》一書。在這本書中的兩岸大學有…

臺灣地區大學圖書館及其他（共五十一所）

臺灣大學、陽明大學、政治大學、東吳大學、臺灣師範大學、文化大學、世新大學、景文科技大學、淡江大學、清華大學、交通大學、臺東大學、中央大學、暨南國際大學、東華大學、南華大學、銘傳大學、實踐大學、臺北教育大學、屏東教育大學、高雄大學、彰化師範大學、嶺東科技大學、臺中科技大學、中興大學、中原大學、元智大學、長庚大學、中央警察大學、陸軍專科學校、國防大學、空軍官校、陸軍官校、海軍官校、南臺科技大學、成功大學、臺南應用科技大學、大葉大學、中正大學、嘉義大學、臺南大學、蘭陽技術學院、義守大學、文藻外語學院、佛光山、逢甲大學、國家圖書館、高雄

師範大學、真理大學、亞洲大學、弘光科技大學。

大陸地區大學圖書館（共三十七所）

鄭州大學、福建中醫藥大學、哈爾濱商業大學、漳州師範大學（閩南師範大學）、東北財經大學、華僑大學、廣西民族大學、西南大學、山東科技大學、廈門大學、鄭州輕工業學院、西華師範大學、西南交通大學、成都中醫藥大學、湖南師範大學、山西農業大學、河南大學、西北工業大學、北京大學、清華大學、中國人民公安大學、中國政法大學、中央民族大學、復旦大學、北京師範大學、浙江師範大學、山東大學、九江學院、吉林農業大學、海南大學、貴州大學、青海師範大學、蘭州大學、內蒙古大學、瀋陽師範大學、上海大學、安徽大學。

在本書的兩岸大學圖書館，二〇一四年下半年到二〇一六年底，此期間兩岸大學圖書館給我的謝函訊息等，均收在本書，一併整理做永久紀念。

大陸地區大學圖書館（共十八所）

山西大學、華僑大學、上海大學、蘭州大學、廈門大學、成都中醫藥大學、廣西民族大學、浙江師範大學、中國政法大學、復旦大學、北京大學、湖南師範大學、福州大學、福建中醫藥大學、山東大學、北京師範大學、河南大學。

臺灣地區大學圖書館（共二十七所）

臺灣大學、臺灣師範大學、成功大學、文化大學、陽明大學、彰化師範大學、政治大學、暨南國際大學、淡江大學、逢甲大學、義守大學、世新大學、臺中科技大學、亞洲大學、嘉義大學、清華大學、臺北教育大學、實踐大學、南臺科技大學、屏東大學、陸軍官校、蘭陽技術學院、東華大學、高雄大學、新竹教育大學、景文科技大學、南華大學。

關於手稿捐贈圖書館典藏，因為收藏作家手稿已是當代少數有規模圖書館業務之一，我為保有手稿可贈圖書館典藏，多年來我維持手稿書寫，而不用電腦打字。有將近千萬字手稿，約有半數贈臺灣大學圖書館和國家圖書館。

二〇一五年開始，大陸地區大學典藏我著作手稿有：廈門大學、北京師範大學、河南大學、山東大學。二〇一六年開始，並有兩岸大學或民間文化單位計畫收藏手稿，待定案來函索取，我將無條件寄贈，使「斷滅的文明」可以流傳。

（臺北公館蟾蜍山萬盛草堂主人
陳福成誌於二〇一六年十月初）

我與當代中國大學圖書館的因緣　目　次

第一篇

我與大陸地區大學
圖書館的因緣

重慶大學(2010年)

重慶大學(２０１０年)

山西大學圖書館
LIBRARY OF SHANXI UNIVERSITY

证书编号：_____

尊敬的 __陈福成__ 先生／女士：

　　承蒙惠贈典籍，深表谢忱！谨呈此证，永兹纪念！

　　我们将妥加管理，以充分发挥其作用，更好服务广大师生。尚祈续有惠赠为盼！

　　惠贈清单：《日本问题的终极处理》与《春秋记实》各一册

山西大学图书馆

2015年 5月 31日

山西大學圖書館
LIBRARY OF SHANXI UNIVERSITY

证书编号： 2015019

尊敬的 __陈福成__ 先生／女士：

　　承蒙惠贈典籍，深表谢忱！谨呈此证，永兹纪念！

　　我们将妥加管理，以充分发挥其作用，更好服务广大师生。尚祈续有惠赠为盼！

　　惠贈清单：

春秋正义（等14册）

山西大学图书馆

2015年 9月 17日

山西大学图书馆
LIBRARY OF SHANXI UNIVERSITY

证书编号：201207

尊敬的 陈福成 先生／女士：

　　承蒙惠赠典籍,深表谢忱!谨呈此证,永兹纪念!

　　我们将妥加管理,以充分发挥其作用,更好服务广大师生。尚祈续有惠赠为盼!

　　惠赠清单：《大兵法家芯蕊研究》一册

　　　　　　《世界洪门历史文化协会论坛》一册

山西大学图书馆

2016 年 7 月 4 日

山西大学图书馆
LIBRARY OF SHANXI UNIVERSITY

证书编号：2016009

尊敬的 陈福成 先生／女士：

　　承蒙惠赠典籍,深表谢忱!谨呈此证,永兹纪念!

　　我们将妥加管理,以充分发挥其作用,更好服务广大师生。尚祈续有惠赠为盼!

　　惠赠清单：《澳门洪门2015记实》一册

山西大学图书馆

2016年 3 月 7 日

FROM:

姓　名: 图书馆采访部

单　位: 华侨大学图书馆

地　址: 中国福建省泉州市丰泽区城华北路269号

邮　编: 362021　　CHINA

秋中湖

航　空
PAR AVION

華僑大学

华侨大学图书馆

HUA QIAO UNIVERSITY LIBRARY

地址：中国 · 福建 · 泉州
邮编：362021
电话：0595-22691561
传真：0595-22691561

Add: Quanzhou, Fujian , China
Tel/ Fax: 0595-22691561
E-mail: libo@hqu.edu.cn

尊敬的 陈福成 先生：如晤

　　承蒙您对我馆的厚爱，惠赠图书 《外公和外婆的诗》《从鲁迅文学医人魂救国魂说起》 等共5册 谢谢！

　　您的惠赠丰富了我们的馆藏，我们将在您赠送图书的扉页上加盖"陈福成 先生 赠送"印章入藏流通，供读者借阅，分享您的恩惠。

　　谨此，我们代表全校师生向您致以最诚挚的敬意！

　　祝：

身体健康，事业发达！

华侨大学图书馆
2014年11月18日

华侨大学图书馆

**HUA QIAO UNIVERSITY
LIBRARY**

地址：中国·福建·泉州
邮编：362021
电话：0595-22691561
传真：0595-22691561

Add: Quanzhou, Fujian , China
Tel/ Fax: 0595-22691561
E-mail: libo@hqu.edu.cn

尊敬的 陈福成先生： 如晤

　　承蒙您对我馆的厚爱，惠赠图书 《梁又平事件后—佛法对治风暴的沉思与学习》等二册 　谢谢！

　　您的惠赠丰富了我们的馆藏，我们将在您赠送图书的扉页上

加盖" 陈福成 先生 赠送"印章入藏流通，供读者借阅，

分享您的恩惠。

　　谨此，我们代表全校师生向您致以最诚挚的敬意！

　　祝：

身体健康，事业发达！

华侨大学图书馆

2014年12月9日

华侨大学图书馆

地址：中国·福建·泉州
邮编：362021
电话：0595-22691561
传真：0595-22691561

HUA QIAO UNIVERSITY
LIBRARY

Add: Quanzhou, Fujian , China
Tel/ Fax: 0595-22691561
E-mail: libo@hqu.edu.cn

尊敬的　陈福成 先生　如晤

　　承蒙您对我馆的厚爱，惠赠图书　《孙大公先生
年表简编》一册　，谢谢！

　　您的惠赠丰富了我们的馆藏，我们将在您赠送图书的扉页上加
盖"　陈福成先生　赠送"印章入藏流通，供读者借阅，
分享您的恩惠。

　　谨此，我们代表全校师生向您致以最诚挚的敬意！

　　祝：身体健康，事业发达！

华侨大学图书馆

二〇一一年 5月 29日

华侨大学图书馆

HUA QIAO UNIVERSITY
LIBRARY

地址：中国·福建·泉州
邮编：362021
电话：0595-22691561
传真：0595-22691561

Add: Quanzhou, Fujian , China
Tel/ Fax: 0595-22691561
E-mail: libo@hqu.edu.cn

尊敬的：<u>陈福成 先生</u> 如晤

　　承蒙您对我馆的厚爱，惠赠图书 <u>《世界洪门历史文化协会</u> <u>论坛》以一只菜鸟的学佛初认识》</u>谢谢！

　　您的惠赠丰富了我们的馆藏，我们将在您赠送图书的扉页上加盖"<u>陈福成 先生</u> 赠送"印章入藏流通，供读者借阅，分享您的恩惠。

　　谨此，我们代表全校师生向您致以最诚挚的敬意！

　　祝：身体健康，事业发达！

华侨大学图书馆

2016年3月8日

华侨大学图书馆

**HUA QIAO UNIVERSITY
LIBRARY**

地址：中国 · 福建 · 泉州
邮编：362021
电话：0595-22691561
传真：0595-22691561

Add: Quanzhou, Fujian , China
Tel/ Fax: 0595-22691561
E-mail: libo@hqu.edu.cn

尊敬的 <u>陈·福成先生</u> 如晤

　　承蒙您对我馆的厚爱，惠赠图书 <u>《台湾大学退休</u>
<u>人员联谊会会务通讯》</u>，谢谢！

　　您的惠赠丰富了我们的馆藏，我们将在您赠送图书的扉页上加
盖" <u>陈·福成 先生</u> 赠送"印章入藏流通，供读者借阅，
分享您的恩惠。

　　谨此，我们代表全校师生向您致以最诚挚的敬意！

　　祝：身体健康，事业发达！

华侨大学图书馆

二○一六年上月23日

华侨大学图书馆

HUA QIAO UNIVERSITY LIBRARY

地址：中国·福建·泉州

邮编：362021

电话：0595-22691561

传真：0595-22691561

Add: Quanzhou, Fujian , China

Tel/ Fax: 0595-22691561

E-mail: libo@hqu.edu.cn

尊敬的： 陈福成先生 如晤

　　承蒙您对我馆的厚爱，惠赠图书 《外公和外婆的诗》 《大兵法家范蠡研究》 ，谢谢！

　　您的惠赠丰富了我们的馆藏，我们将在您赠送图书的扉页上加盖" 陈福成先生 赠送"印章入藏流通，供读者借阅，分享您的恩惠。

　　谨此，我们代表全校师生向您致以最诚挚的敬意！

　　祝:身体健康，事业发达！

华侨大学图书馆
图书馆

2016年6月16日

华侨大学图书馆　　　　　　　　　　**HUA QIAO UNIVERSITY LIBRARY**

地址： 中国 · 福建 · 泉州
邮编： 362021　　　　　　　　　　Add: Quanzhou, Fujian , China
电话： 0595-22691561　　　　　　　Tel/ Fax: 0595-22691561
传真： 0595-22691561　　　　　　　E-mail: libo@hqu.edu.cn

尊敬的： 陈福成先生　 如晤

　　承蒙您对我馆的厚爱，惠赠图书 《典藏断灭的文明》《叶莎现代诗研究广析》二册 谢谢！

　　您的惠赠丰富了我们的馆藏，我们将在您赠送图书的扉页上加盖" 陈福成 先生 赠送"印章入藏流通，供读者借阅，分享您的恩惠。

　　谨此，我们代表全校师生向您致以最诚挚的敬意！

　　祝：身体健康，事业发达！

华侨大学图书馆

2016年9月6日

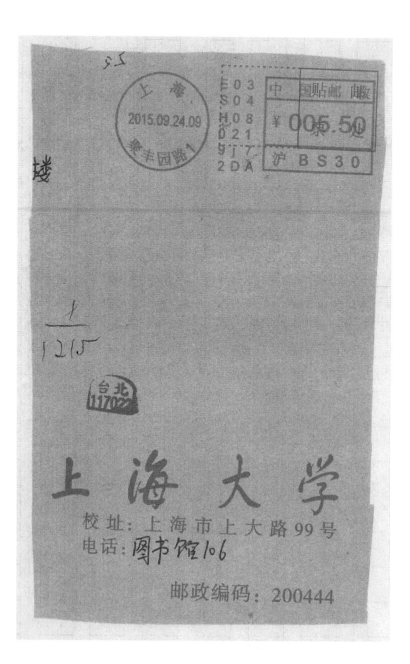

上海上海

2015.09.24.09

乘丰园路1

E 0 3
S 0 4
H 0 8
0 2 1
9
2 D A

中　国贴邮　处

¥ 005.50

沪 B S 3 0

台北
117022

上 海 大 学

校址：上海市上大路 99 号

电话：图书馆 106

邮政编码：200444

尊敬的陳福成先生

您好！

您的來信關於 "手稿" 捐贈已收到，由於我館館藏條件有限，對於手稿類資料無法保存，所以只能深表歉意。

祝

身体健康，工作顺利

劉銀華

上海大学图书馆资源建设中心

2015-9-24

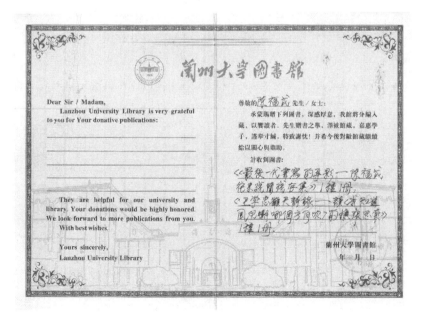

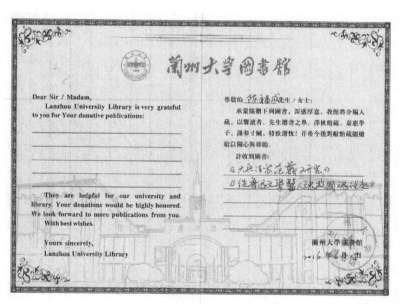

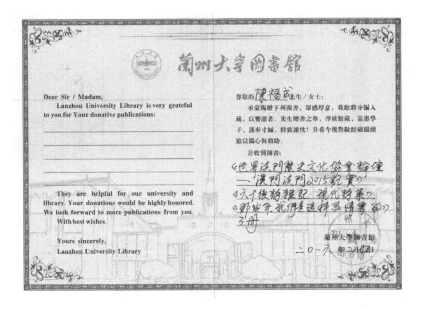

陈福成 女士　臺鑒：
先生

　惠贈《留住末代書寫的身影》等

四 種 四 冊業已列入館藏。

對您嘉惠學林之舉，深表謝忱。

　　　即頌

時綏

厦門大學圖書館館長：

二〇一四年十月

陈福成 女士 臺鑒：
先生

　　惠贈《梁又平事件后》等
二種 二 册業已列入館藏。
對您嘉惠學林之舉，深表謝忱。

　　　　即頌

時綏

　　　　　　　厦門大學圖書館館長：

　　　　　　　二〇一四年十月

陈福成 女士 先生 臺鑒：

　　惠贈《世界洪门历史文化协会
论坛》二種 二 冊業已列入館藏。
對您嘉惠學林之舉，深表謝忱。

　　　　即頌

時綏

　　　　　　廈門大學圖書館館長：

　　　　　　二○一六年

陈福成 女士 臺鑒：
先生

惠贈《台灣大學退休人員聯
誼會會務通訊》冊業已列入館藏。
對您嘉惠學林之舉，深表謝忱。

　　　　即頌

時綏

厦門大學圖書館館長：

二〇一六 年五月
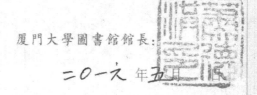

陈福成 女士 臺鑒：
　　　　先生

　　惠贈《緣來艱辛非尋常》等
二種　二册業已列入館藏。
對您嘉惠學林之舉，深表謝忱。

　　　　即頌
時綏

厦門大學圖書館館長：
二〇一九年七

陈先生您好：

　　著者手稿现在是我们收藏的重点，厦门大学图书馆特藏部专门在手稿书藏、整理工作，我们已收藏了不少大陆专家、学者的手稿。我们很荣幸能有机会收藏您的著作手稿，相信这批珍贵的文献能丰富厦门大学图书馆的手稿专藏。

2015.8. 已寄出

四本手稿

《60後詩雜記》
《澄又平事件後》
《囚徒》
《「外公」與「外婆」的詩》

厦门大学图书馆采访部

二〇一五年七月十七日

厦门大学图书馆
XIAMEN UNIVERSITY LIBRARIES

陈先生您好！

　　您赠送的著作手稿四份，赠书四种六册已收到。手稿我们会转交厦门大学图书馆特别收藏部特别收藏，图书经分编加工后进入流通书库，供师生借阅。这批手稿很珍贵，是我们手稿专藏的重要补充，非常感谢您的慷慨捐赠，欢迎您今后继续向我们捐赠著作或手稿。

敬祝文安！

厦门大学图书馆采访部

2015 年 9 月 17 日

厦门大学图书馆
采编部交换组

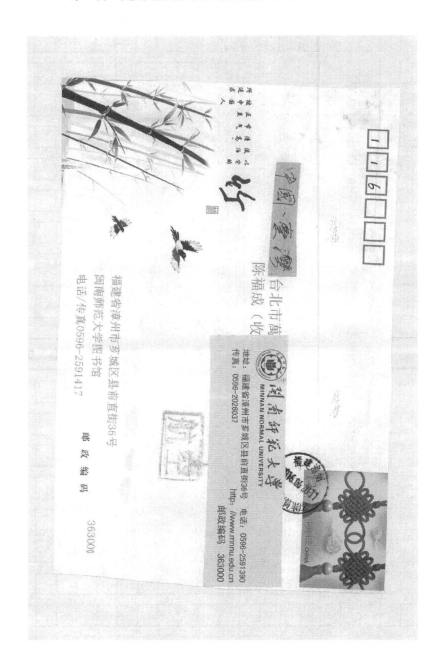

所贈书目：

陳福成先生　　　　　　　：

《六十後詩雜記現代詩集　》一　冊

《從魯迅文學醫人魂救國魂說起》一　冊

承賜大著，曷勝感激。現已
收入馆藏，嘉惠学林，功莫大焉。
我馆將悉心保存，望再賜新著。

《『日本問題』的終極處理　》二　冊

《把腳印典藏在雲端　　　》一　冊

《　　　　　　　　　　　》　冊

专此　即颂

《　　　　　　　　　　　》　冊

万事如意！

閩南师范大学图书馆

二零一四　年　月　日

所贈书目：

陳福成先生　　　　　　　：

《『日本問題』的終極處理　》一　冊

《梁又平事件後　　　　　》一　冊

承賜大著，曷勝感激。現已
收入馆藏，嘉惠学林，功莫大焉。
我馆將悉心保存，望再賜新著。

《　　　　　　　　　　　》　冊

《　　　　　　　　　　　》　冊

专此　即颂

《　　　　　　　　　　　》　冊

万事如意！

閩南师范大学图书馆

二零一四　年　月　日

我於7月6号放假，如寄书最好在此之前寄达；
或9月开学后寄。

閩南師範大學

陈先生：您好！

　　您寄的《外公……》《陶朱的传奇》
收悉。谢谢谢！

　　因我想为江苏宜兴陶公地搜集地方
文献，（宜兴有3—5万讲闽南话村落人）故想
请先生多寄10本《陶朱的传奇》，好寄给宜兴相关
会和个人，邮寄费可用我方付的方法，谢谢谢！

　　　　　　　　　请寄 363000
　　　　　　福建　漳州市　闽南师范大学
　　　　　　图书馆办公室（0596-2591417）

敬
礼！
　　　　　　　胡敏谨　收

2016.6.16

所贈书目：

陈福成　先生　　　　：

《 外公和外婆的詩—章三月聯童外公外婆詩 》一　册

《 大局法家范蠡研究—商聖財神陶朱公傳奇 》一　册

承賜大著，曷勝感激。現已
收入馆藏，嘉惠学林，功莫大焉。
我馆将悉心保存，望再赐新著。

　　专此　即颂
万事如意！

《　　　　　　　》　册

《　　　　　　　》　册

《　　　　　　　》　册

《　　　　　　　》　册

闽南师范大学图书馆

二零一六　年兲月十二日

所贈书目：

陳福成　先生　　　　：

《　大兵法家范蠡研究　》12 册

《　　　　　　　》　册

承賜大著，曷勝感激。現已
收入馆藏，嘉惠学林，功莫大焉。
我馆将悉心保存，望再赐新著。

　　专此　即颂
万事如意！

《　　　　　　　》　册

《　　　　　　　》　册

《　　　　　　　》　册

《　　　　　　　》　册

闽南师范大学图书馆

二零一六　年九　月一　日

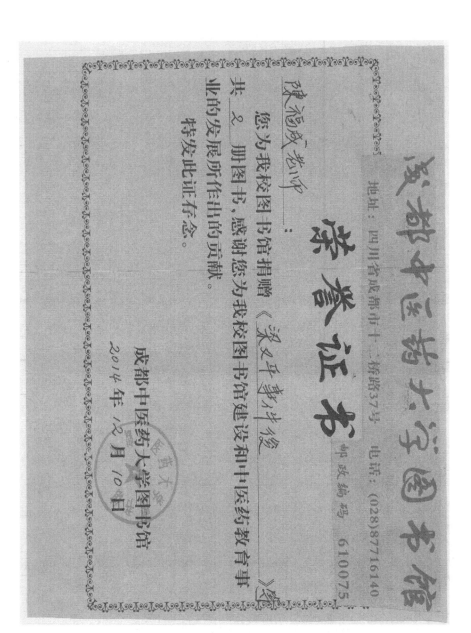

成都中医药大学图书馆

地址：四川省成都市十二桥路37号　　电话：(028)87716140　　邮政编码 610075

荣誉证书

陈祸成老师：

您为我校图书馆捐赠《采文平事片注》之
共 乙 册图书，感谢您为我校图书馆建设和中医药教育事
业的发展所作出的贡献。

特发此证存念。

成都中医药大学图书馆
2014年 12 月 10 日

荣誉证书

陈福成　　　　：

　　您为我校图书馆捐赠《世界洪门历史文化协会论坛　　　　》
共 _2_ 册图书,感谢您为我校图书馆建设和中医药教育事
业的发展所作出的贡献。

　　特发此证存念。

成都中医药大学图书馆
2016 年 3 月 3 日

广西民族大学图书馆

捐 贈 榮 譽 証

陈福成

　　您捐赠的 梁又平事件后-佛法对治风暴的沈思与学习 共 贰 册 已被我馆收藏，衷心感谢您对我馆藏书建设的关心与支持。

　　特发此证，以示铭谢！

广西民族大学图书馆

2014年 12月 3日

廣西民族大學圖書館

捐贈榮譽証

陈福成先生

　　您捐贈的《台湾大学退休人员联谊会会务通讯》共 1 册已被我馆收藏，衷心感谢您对我馆藏书建设的关心与支持。

　　特发此证，以示铭谢！

广西民族大学图书馆

2016 年 5 月 18 日

广西民族大学图书馆

捐 赠 荣 誉 证

陈福成先生

　　您捐赠的《缘来艰辛非寻常》、《大兵法家范蠡研究》共 2 册已被我馆收藏，衷心感谢您对我馆藏书建设的关心与支持。

　　特发此证，以示铭谢！

广西民族大学图书馆

2016 年 6 月 13 日

陈福成 先生

　　您承赐之大作《回首千山外：诗人作家创作回忆录》现已宝藏浙江师范大学图书馆，将作永久陈列。佳赐之惠，不胜感激。

浙江师范大学图书馆
2016 年2月24日

浙江师范大学 ZHEJIANG NORMAL UNIVERSITY
图文信息中心 LIBRARY AND INFORMATION CENTER

地址：浙江·金华　邮政编码：321004
迎宾大道 688号

收藏證書

含珠韞玉

嘉惠学林

陈福成 先生

　　您承赐之大作《世界洪门历史文化协会论坛：澳门洪门2015记实》现已宝藏浙江师范大学图书馆，将作永久陈列。佳赐之惠，不胜感激。

浙江师范大学图书馆
2016 年 2月24日

含珠韞玉

嘉惠学林

陈福成先生

　　您承赐之大作《大兵法家范蠡研究》现已宝藏浙江师范大学图书馆，将作永久陈列。佳赐之惠，不胜感激。

浙江师范大学图书馆

2016 年 6 月 13 日

陈福成先生

　　您承赐之大作《与君赏玩天地宽》现已宝藏浙江师范大学图书馆，将作永久陈列。佳赐之惠，不胜感激。

浙江师范大学图书馆
2016 年 6 月 13 日

捐贈證明

致陳福成先生：

您好！

中國政法大學圖書館今收到您捐贈的圖書《梁又平事件後：佛法對治風暴的沈思與學習》、《迷航記：黃埔情暨陸官 44 期一些閒話》和《日本問題的終極處理：廿一世紀中國人的天命與扶桑省建設要綱》共計 3 種 3 冊。我校圖書館非常感謝您的饋贈，將儘快編目上架供我校師生借閱。

　　　　此致

敬禮

中國政法大學圖書館

2014 年 12 月 18 日

捐贈地址：北京市海澱區西土城路 25 號
中國政法大學圖書館文獻資源部
郵編：100088
捐贈連絡人：張馨文
電話：010-58908308
Email: xinwenoys@cupl.edu.cn

捐贈證明

致陳福成先生：

　　您好！

　　中國政法大學圖書館今收到陳福成先生捐贈的《天帝教的中華文化意涵》等共計 5 種 5 冊。我校圖書館非常感謝您的捐贈，將儘快按照我館入藏規定篩選後編目上架供我校師生借閱。

　　　　此致

敬禮

中國政法大學圖書館

2016 年 04 月 06 日

捐贈地址：北京市海澱區西土城路 25 號
　　　　　中國政法大學圖書館文獻資源部
郵編：100088
捐贈連絡人：張馨文　館員
電話：010-58908308
Email： xinwenoys@cupl.edu.cn

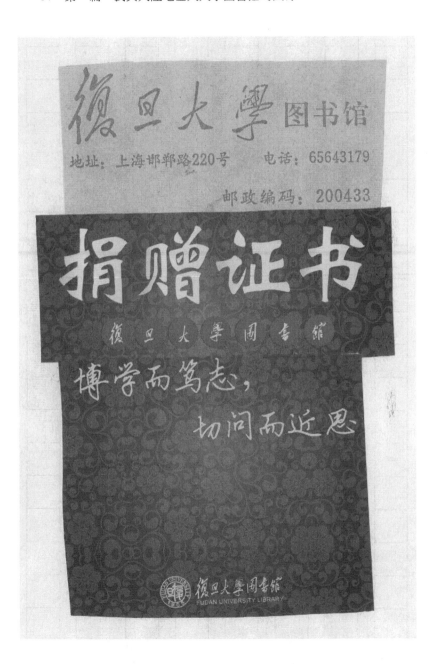

逕啟者：

　　頃承捐贈佳籍，播惠學林，化私爲公，至紉
高誼。茲已拜收登錄，當即供衆閱覽。

　　謹肅蕪箋，藉申謝忱。　此致

　　　　陳福成　　先生/女士

　　　　　　　　　　復旦大學圖書館　敬啟

兹 收 到 您 的 贈 书 清 单

我 这 辈 子 干 了 什 么 好 事 —————— 1册

回 首 千 山 外 —————— 1册

世 界 洪 门 历 史 文 化 协 会 论 坛 —————— 1册

复旦大学图书馆

北京大學圖書館
PEKING UNIVERSITY LIBRARY

Beijing 100871, P. R. China

尊敬的 陈福成先生：

承蒙饋贈

《从鲁迅文学医人魂救国魂说起》《历史上

的三把利刃》等共五册

《留住末代书写的身影》

特此致謝！所贈圖籍將提供專家

學者研究使用。敬謝之余，尚冀

續行賜贈，以實典藏。

北京大學圖書館

Dear Sir / Madam,

　　Peking University Library
acknowledges, with many thanks, the
receipt of the publication(s) listed
as following:

_____

_____

_____

_____

_____

　　And hopes to receive other
publications from you in future.

Sincerely yours
Peking University Library

北京大學圖書館
PEKING UNIVERSITY LIBRARY

北京大學圖書館
PEKING UNIVERSITY LIBRARY

北 京 大 學 圖 書 館

年　　月　　日

湖南师范大学图书馆

地址：长沙市岳麓山　　电话：0731—8872428　　编号：09875

邮政编码：410081

收　藏　证

陈福成　先生：

承蒙惠赠大作《　梁又平事件后　　》等，

凡　贰　　册（幅）。先生的大作已被我馆

列为永久性收藏，并立专架展阅，以飨读者。

为表谢忱，谨颁此证。

湖南师范大学图书馆

2014 年 12 月09 日

编号： 10075

收　藏　证

陈福成 先生：

　　承蒙惠赠大作《"日本问题"的终极处理》等，

凡 叁　　 册（幅）。先生的大作已被我馆

列为永久性收藏，并立专架展阅，以飨读者。

为表谢忱，谨颁此证。

湖南师范大学图书馆

2016 年 03 月 28 日

感 谢 函

尊敬的 陈福成 先生：

您好！

您赠送的《梁又平事件后》共两种两册图书已收到。特致以崇高的敬意和衷心的感谢！

　　致

礼！

福建中医药大学图书馆

2014 年 12 月

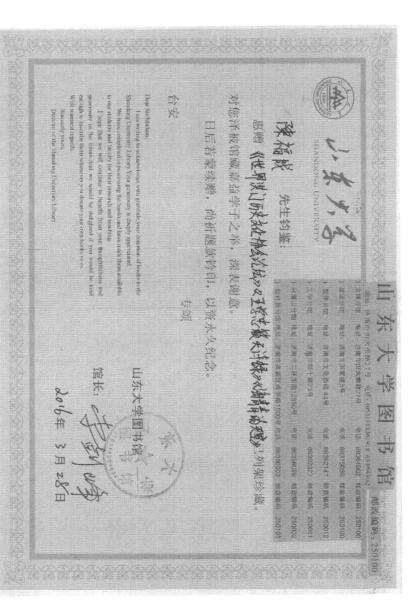

SHANDONG UNIVERSITY

　　我們山東大學圖書館，是一座綜合性的研究型大學圖書館。如蒙先生不吝惠贈手稿，必是我山東大學圖書館文獻發展史的一樁勝事！

　　誠邀：先生撥冗來我們山東大學圖書館訪問！

敬頌撰祺！

地址：山東省济南市山大南路27号
邮政编码：250100
网址：//www.sdu.edu.cn

聯繫電話：13954168841

電子郵箱：ljf@sdu.edu.cn

　　　　　山東大學圖書館館長：李剑鋒

　　　　　二〇一五年八月十八日

山东大学
SHANDONG UNIVERSITY

陳福成先生　台鑒：

　　先生七月份掛號所寄惠書業已收到. 因學校適逢暑期, 遲複為歉。

　　先生之前惠贈的多部著作, 諸如:《西洋政治思想史概述》《我們的春秋大業》《為中華民族的生存發展進百書疏》等, 早已進行編目、典藏, 供師生借閱. 口碑頗佳!

　　先生勤奮於文化教育事業, 繼晷焚膏, 寫作頗豐. 如有新作, 請繼續予以惠贈. 將不勝感謝。

山東大學
SHANDONG UNIVERSITY

陳福成先生　　台鑒：

　　來函、贈書及手稿，均已收到，多謝！

　　拜讀先生與夫人早年的魚書雁信，恩愛之情溢於言表。先生字跡雄偉，夫人手札纖麗。這些珍貴的信札，現入我館收藏，相信若干年後，對於後世瞭解當今的人類社會和文化發展史，都是彌足珍貴的寶物"寶典"。

　　為了紀念手稿轉贈，我想搞一個小型的"陳福成伉儷手札贈予儀式"，屆時，希冀先生偕夫人一同出席。

　　我山東大學，辦學伊始，百多年來，秉承"為天下儲人才，為國家圖富強"之辦學宗旨，文、理、

山東大學
SHANDONG UNIVERSITY

工、醫、諸科發展。先生蒞臨到訪，也會對我校的學科交流帶來新意。

山東，乃齊魯之邦，孔孟故里；兵聖桑梓藏獲，五嶽之尊泰山造化鐘神。

寰球為一村，與君一家人。

乘桴歸鄉日，把酒臨風吟！

祝好！

山東大學圖書館 館長 李劍峰

2015年11月3日

荣誉证书

陈福成先生于 2016 年 3 月 2 日向北京师范大学图书馆赠送图书《为播诗种与壮雲惠诗作初探》等 3 种 3 册。我馆将分编入藏，以飨读者，谨奉寸缄，特致谢忱！

北京新街口外大街19号

邮政编码：100875

北京师范大学图书馆

2016 年 3 月 2 日

荣誉证书

陳福成先生于 2015 年 9 月 1 日向北京師範大學圖書館贈送書稿《胡爾泰現代詩臆說》等 4 種 4 冊。我館將妥善保管，謹奉寸緘，特致謝忱！

北京師範大學圖書館

2015 年 9 月 6 日

陳福成先生：您好！

　　我館收到您捐贈的《胡爾泰現代詩臆說》、《中國全民民

主統一會北京、天津行》、《從魯迅文學醫人魂救國魂說起》、

《洪門、青幫與哥老會研究》手稿，感謝您的捐贈，我們將

妥善保管。

聯繫人：殷俊益

地　　址：北京市海淀區新街口外大街19號

　　　　　北京師範大學圖書館

　　祝您健康平安！

電　　話：010-58808088

Email：yinjy@lib.bnu.edu.cn

北京師範大學圖書館

2015 年 9 月 6 日

陳福成先生：您好！

　　很高興收到您的來信，也很榮幸您選擇將手稿贈與我館。

我館目前對捐贈的手稿仅限于收藏保管，如若您認同請聯繫

我們。謝謝！

　　祝您健康平安！

北京師範大學圖書館

2015 年 7 月 23

尊敬的陈生生：

　　您好！

　　承蒙惠赠典籍多种，我馆若能再次收藏您珍藏的手稿，将非常荣幸，同深感激。我们将悉心珍藏，以供众览，敬申谢忱！

中国·河南省开封市明伦街85号 河南大学图书馆

李景文

475001

　　祝秋安！

河南大学图书馆
李景文

2015.8.10

第二篇

我與台灣地區大學
圖書館的因緣

2002.7.19.雪山行.中途在
「369山莊」留下這兒美的回憶
前排左一是此行領隊顏瑞和教授.

國 立 臺 灣 大 學 圖 書 館

NATIONAL TAIWAN UNIVERSITY LIBRARY

臺北市 10617 大安區羅斯福路四段一號

1, Section 4, Roosevelt Road, Taipei, Taiwan 10617, R.O.C.

國立臺灣大學圖書館　10617 臺北市大安區羅斯福路4段1號
NATIONAL TAIWAN UNIVERSITY LIBRARY　No. 1, Sec. 4, Roosevelt Road, Taipei, 10617 Taiwan (R.O.C.)
TEL +886-2-3366-2326 ● FAX +886-2-2363-4344
http://www.lib.ntu.edu.tw

陳福成　先生　賜鑒：

您所贈送個人著作「梁又平事件後」等書，計伍種陸冊，

我們已在 11 月 3 日收到，特此致謝；另想請問此次贈書

是要入藏台大人文庫或放一般書庫供讀者借閱，期待您

的回覆，謝謝。

臺灣大學圖書館館藏徵集組　敬啟

2014/11/3

收到贈書：

1． 修訂本「日本問題」的終極處理〔兩冊〕
2． 梁又平事件後－佛法對治風暴的沈思與學習
3． 我這輩子幹了什好事－我和兩岸大學圖書館的因緣
4． 最後一代書寫的身影－陳福成往來殘簡殘存集
5． 洪門、清幫與哥老會研究兼論中國近代秘密會黨

國 立 臺 灣 大 學 圖 書 館
NATIONAL TAIWAN UNIVERSITY LIBRARY

臺北市 10617 大安區羅斯福路四段一號

1, Section 4, Roosevelt Road, Taipei, Taiwan 10617, R.O.C.

陳福成先生賜鑒：頃承

惠贈個人主編圖書「臺灣大學退休人員聯誼會會務通

訊」，計壹種兩冊，豐富本館館藏，至深感謝，本館將

編目珍藏，供全校師生研究閱覽。謹致寸函，藉申謝忱。

　順　頌

時　祺

臺灣大學圖書館館藏徵集組　敬啟

2014/12/01

國立臺灣師範大學圖書館

National Taiwan Normal University Library

感　謝　函

陳福成：頃承

　　惠贈佳籍，內容豐富，裨益館藏充實，嘉惠學子，至紉高誼。

　　特申謝忱　並頌

　　時綏

國立臺灣師範大學圖書館　採編組
National Taiwan Normal University Library
10644 臺北市和平東路一段129號
129, Sec. 1, Heping E. Rd., Taipei, Taiwan 10644
Tel:886-2-77345300 Fax:886-2-23937135
http://www.lib.ntnu.edu.tw

　　計收：

「最後一代書寫的身影」等共計六冊

國立臺灣師範大學圖書館　敬啟

中華民國一〇三年十一月十七日

國 立 臺 灣 師 範 大 學 圖 書 館

National Taiwan Normal University Library

感　謝　函

陳福成 頃承

　　惠贈佳籍，內容豐富，裨益館藏充實，嘉惠學子，至紉高誼。

　　特申謝忱　並頌

　　時綏

計收：

「我所知道的孫大公等贈書一批」計 5 冊

　　　　　　　　　　　國立臺灣師範大學圖書館　敬啟

　　　　　　　　　　　中華民國一○四年二月二十五日

國立臺灣師範大學圖書館

NationalTaiwanNormalUniversity Library

感謝函

陳福成頃承

惠贈佳籍，內容豐富，裨益館藏充實，嘉惠學子，至紉高誼。特申謝

忱 並頌

時綏

計收：「最後一代書寫的身影」、「台灣大學退休人員聯誼會 第九屆理事長實記」計2冊

國立臺灣師範大學圖書館 敬啟

中華民國一〇五年二月十八日

國 立 臺 灣 師 範 大 學 圖 書 館

National Taiwan Normal University Library

感　謝　函

陳福成先生鈞鑒：

　　荷承惠贈佳籍，內容豐富，裨益館藏充實，嘉惠學子，隆

情厚誼，無任感荷，特函申謝。耑此，敬頌

時綏

計收：《世界洪門歷史文化協會論壇》、《三黨搞統一》共 2 冊

國立臺灣師範大學圖書館　敬啟

中華民國一〇五年六月二日

國立臺灣師範大學圖書館

National Taiwan Normal University Library

感　謝　函

陳福成先生鈞鑒：

　　荷承惠贈佳籍，內容豐富，嘉惠學子，隆情厚誼，無任感

荷，特函申謝。耑此，敬頌

時綏

計收：《葉莎現代詩研究賞析》、《台大教官興衰錄》共 2 冊

國立臺灣師範大學圖書館　敬啟

中華民國 105 年 8 月 31 日

國立成功大學圖書館

臺 南 市 大 學 路 一 號

National Cheng Kung University Library

1 University Road, Tainan City 70101, Taiwan, R. O. C.

TEL:886-6-2757575 ext.65760　FAX:886-6-2378232

陳福成先生：荷承

　　惠贈「最後一代書寫的身影」等六冊業已領收，隆情高誼，衷表謝忱。

　　閣下所贈圖書本館將依受贈資料收錄原則妥適處理，凡適合納入館藏之圖書，將於書後誌記捐贈人大名以資感謝，並登錄上架供眾閱覽；未納入館藏者，則由本館轉贈或以其他方式處理，惟後續處理結果恕不再函覆。

　　再次感謝您的美意與慨贈，並祝福您平安健康。專此

敬頌

時祺

國立成功大學圖書館　敬啟

民國 103 年 11 月 10 日

國立成功大學圖書館

臺南市大學路一號

National Cheng Kung University Library

1 University Road, Tainan City 70101, Taiwan, R. O. C.

TEL:886-6-2757575 ext.65760　FAX:886-6-2378232

陳福成先生：荷承

　　惠贈「三世因緣」等4冊圖書業已領收，隆情高誼，衷表謝忱。

　　所贈圖書本館將依受贈資料收錄原則妥適處理，凡適合納入館藏之圖書，將於書後誌記捐贈人大名以資感謝，並登錄上架供眾閱覽；未納入館藏者，則由本館轉贈或以其他方式處理，惟後續處理結果恕不再函覆。

　　再次感謝您的美意與慨贈，並祝福您平安健康。專此 敬頌

時祺

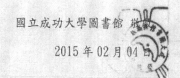

國立成功大學圖書館　敬啟

2015 年 02 月 04 日

國立成功大學圖書館

臺南市大學路一號

National Cheng Kung University Library

1 University Road, Tainan City 70101, Taiwan, R. O. C.

TEL:886-6-2757575 ext.65760　FAX:886-6-2378232

陳福成先生：荷承

　　惠贈「落蒂小品集」等91冊圖書期刊業已領收，隆情高誼，衷表謝忱。

　　所贈圖書本館將依受贈資料收錄原則妥適處理，凡適合納入館藏之圖書，將於書後誌記捐贈人大名以資感謝，並登錄上架供眾閱覽；未納入館藏者，則由本館轉贈或以其他方式處理，惟後續處理結果恕不再函覆。

　　再次感謝您的美意與慨贈，並祝福您平安健康。專此 敬頌

時祺

國立成功大學圖書館 敬啟

2015 年 01 月 13 日

國立成功大學圖書館

臺南市大學路一號

National Cheng Kung University Library

1 University Road, Tainan City 70101, Taiwan, R. O. C.

TEL:886-6-2757575 ext.65760　　FAX:886-6-2378232

陳福成先生：荷承

　　惠贈「葉莎現代詩研究賞析」等2冊圖書業已領收，隆情高誼，衷表謝忱。

　　所贈圖書本館將依受贈資料收錄原則妥適處理，凡適合納入館藏之圖書，將於書後誌記捐贈人大名以資感謝，並登錄上架供眾閱覽；未納入館藏者，則由本館轉贈或以其他方式處理，惟後續處理結果恕不再函覆。

　　再次感謝您的美意與慨贈，並祝福您平安健康。專此 敬頌

時祺

國立成功大學圖書館　敬啟

2016 年 09 月 01 日

國立成功大學圖書館

臺 南 市 大 學 路 一 號

National Cheng Kung University Library

1 University Road, Tainan City 70101, Taiwan, R. O. C.

TEL:886-6-2757575 ext.65760　FAX:886-6-2378232

陳福成先生：荷承

　　惠贈「三黨搞統一」等 2 冊圖書業已領收，隆情高誼，衷表謝忱。

　　所贈圖書本館將依受贈資料收錄原則妥適處理，凡適合納入館藏之圖書，將於書後誌記捐贈人大名以資感謝，並登錄上架供眾閱覽；未納入館藏者，則由本館轉贈或以其他方式處理，惟後續處理結果恕不再函覆。

　　再次感謝您的美意與慨贈，並祝福您平安健康。專此 敬頌

時祺

國立成功大學圖書館 敬啟

2016 年 06 月 17 日

中國文化大學
Chinese Culture University
HWA KANG, YANG MING SHAN
TAIWAN, REPUBLIC OF CHINA

寄件人：

電話：（〇二）二八六一〇五一一轉一四二一

地址：台北市士林區陽明山華岡路五十五

中國文化大學圖書館

陳福成先生鈞鑒：

　　頃承惠贈下列書刊：

《《最後一代書寫的身影：陳福成往來殘簡殘存集》》

《《梁又平事件後：佛法對治風暴的沈思與學習》》、

《《日本問題」的終極處理：廿一世紀中國人的天命

與扶桑省建設要綱》》等圖書資料共六冊，深感厚意。

除登錄編目善為珍藏以供參閱外，謹致

謝忱。

中國文化大學圖書館　敬啟

中華民國 103 年 11 月 4 日

陳福成先生鈞鑒：

　　頃承惠贈下列書刊：
＜＜臺灣大學退休人員聯誼會會務通訊＞＞圖書資料
乙冊，深感厚意。除登錄編目善為珍藏以供參閱
外，謹致
謝忱。

　　　　　中國文化大學圖書館　敬啟

　　　　　中華民國 104 年 1 月 8 日

陳福成先生鈞鑒：

　　頃承惠贈下列書刊：

《〈詩人范揚松論：真實生命的開顯與回歸〉》、

《〈三民書局五十年〉》、《〈中華新詩選〉》、

《〈秋水詩刊 156(2013 年元月)〉》、

《〈藝文論壇第 5 期/紫丁香詩刊第 3 期〉》等圖書資

料共十四冊，深感厚意。除登錄編目善為珍藏以

供參閱外，謹致

謝忱。

中國文化大學圖書館　敬啟

中華民國 104 年 1 月 19 日

陳福成先生鈞鑒：

　　頃承惠贈下列書刊：

《《臺灣大學退休人員聯誼會 第九屆理事長實記

2013-2014》》、《《那些年,我們是這樣寫情書的》》

《《我所知道的孫大公 ： 黃埔二十八期孫大公研

究》》、《《三世姻緣書畫集 ： 芳香幾世情》》等圖書

共五冊,深感厚意。除登錄編目善為珍藏以供參

閱外,謹致

謝忱。

中國文化大學
採編組
圖書館

中國文化大學圖書館 敬啓

中華民國 104 年 3 月 3 日

陳福成先生鈞鑒：

　　頃承惠贈下列書刊：

<<三黨搞統一 ：解剖共產黨、國民黨、民進黨怎樣搞統一>>、<<緣來艱辛非尋常 ：賞讀范揚松仿古體詩稿>>等圖書共二冊，深感厚意。本館除登錄編目善為珍藏以供讀者閱覽外，謹致

謝忱。

中國文化大學
採編組
圖書館
Acquisitions & Cataloguing Section Library
Chinese Culture University

中國文化大學圖書館 敬啓

中華民國 105 年 6 月 1 日

陳福成先生鈞鑒：

　　頃承惠贈下列書刊：

《《台大教官興衰錄 : 我的軍訓教官經驗回顧》》、
《《葉莎現代詩研究賞析 : 解讀靈山一朵花的美
感》》等圖書共二冊，深感厚意。本館將珍藏此贈
書並儘速整理上架供讀者閱覽外，特此申謝。耑
此　敬頌
時祺

中國文化大學圖書館　敬啟

中華民國 105 年 8 月 31 日

國立陽明大學圖書館
National Yang-Ming University Library

感　謝　函

陳福成君：

　　頃承　惠贈佳籍，內容豐富，彌足珍貴，受領嘉惠，至紉高誼。業經拜收登錄，特此申謝。
並頌
時綏

國立陽明大學圖書館　敬啟

民國103年12月18日

計收：
金秋六人行…等，共4冊。

感　謝　函

陳福成君：

　　頃承　惠贈佳籍，內容豐富，彌足珍貴，受領嘉惠，至紉高誼。業經拜收登錄，特此申謝。
並頌
時綏

國立陽明大學圖書館　敬啟

民國104年01月05日

計收：
臺灣大學退休人員聯誼會會務通訊...等，共1冊。

國立彰化師範大學圖書館
500 彰化市進德路1號
National Changhua University of Education Library
No.1 Gin-Der Road, 500, Changhua, Taiwan, R.O.C.
TEL:04-723-2105 ext.5532 http://lib.ncue.edu.tw/

白沙圖書館巍巍矗立於八卦山北麓，倚山傍湖，環翠擁綠。
延續兩百年前明代大儒陳白沙紀念書院，
傳承的已不只是恆久以來文人雅士的胸襟與抱負，
更有今日網路世界所表徵的無遠弗屆與創新卓越。

國立彰化師範大學圖書館．500 彰化市進德路1號
National Changhua University of Education Library
No.1 Gin-Der Road, 500, Changhua, Taiwan, R.O.C.
TEL:04-723-2105 ext.5532 http://lib.ncue.edu.tw/

陳先生福成惠鑒：

　　承蒙　惠贈「梁又平事件後…」圖書等 6 冊，嘉惠本校師生與讀者，深感厚意，特申謝忱。

耑此，敬頌

時　祺

國立彰化師範大學
圖　書　館　館　長

蕭如松　敬上

103 年 11 月 7 日

陳 先生 福成惠鑒：

承蒙 惠贈「三世因緣書畫集」等圖書4冊，嘉惠本校師生與讀者，深感厚意，特申謝忱。

耑此，敬頌

時　祺

國立彰化師範大學
圖 書 館 館 長
蕭如淵 敬上

104年 2月　　日

陳 福 成 先 生 惠 鑒：

　　承蒙 惠贈「三黨搞統一」圖書1
冊，嘉惠本校師生讀者，隆情厚誼，
毋任感荷，特申謝忱。

耑此，敬頌

時　祺

　　　　　　　　　國立彰化師範大學
　　　　　　　　　圖書與資訊處　圖資長
　　　　　　　　　　　　　　　　　敬上
　　　　　　　　　105 年 6 月 13 日

陳先生福成　　惠鑒：

　　承蒙　惠贈「葉莎現代詩研究賞析」等兩冊，
深感厚意，特申謝忱。

耑此　敬頌

時　祺

國立彰化師範大學
　圖書與資訊處　圖資長

　　　　　　　　敬上
105 年 9 月 22 日

國立政治大學圖書館
台北市文山區11605指南路二段64號

National Chengchi University Libraries
No.64, Sec. 2, ZhiNan Rd. 11605
tel: 886-
http://ww

-4. 12. 14
TAIWAN R.O.C.

敬啟者

　承蒙惠贈佳籍 迷航記等四冊

豐富本館館藏，嘉惠莘莘學子，助益本校教學研究。深紉厚意，謹此申謝，今後尚祈

源源惠賜，尤感為荷。

　　　　此致

陳 福 成 先生　　　　　　　國立政治大學圖書館　敬啟

　　　　　　　　　　　　　　民國103年12月3日

敬啟者

　　承蒙惠贈佳籍《最後一代書寫的身影》等，共6冊

豐富本館館藏，嘉惠莘莘學子，助益本校教學研究。深紉厚意，謹此申謝，今後尚祈

源源惠賜，尤感為荷。

　　　此致

陳福成先生

國立政治大學圖書館　敬啟

民國103年11月3日

敬啟者

承蒙惠贈佳籍 五冊

豐富本館館藏，嘉惠莘莘學子，助益本校教學研究。深紉厚意，謹此申謝，今後尚祈

源源惠賜，尤感為荷。

此致

陳福成先生

國立政治大學圖書館　敬啟

民國104年2月11日

敬啟者

　　承蒙惠贈佳籍二冊

豐富本館館藏，嘉惠莘莘學子，助益本校教學研究。深紉厚意，謹此申謝，今後尚祈

源源惠賜，尤感為荷。

　　　　　此致

陳福成先生

　　　　　　　　　　　　　國立政治大學圖書館　敬啟

　　　　　　　　　　　　　民國105年2月23日

敬啟者

　　承蒙惠贈佳籍 三世因緣書畫集,三黨搞統一

豐富本館館藏,嘉惠莘莘學子,助益本校教學研究。深紉厚意,謹此申謝,今後尚祈

源源惠賜,尤感為荷。

　　此致

陳福成先生

國立政治大學圖書館　敬啟

民國105年 6 月 20 日

國立暨南國際大學圖書館
National Chi Nan University Library (http://www.library.ncnu.edu.tw)
館址：545南投縣埔里鎮大學路1號　電話：049-2910960分機2812
1, University Rd., Puli, Nantou Hsien, Taiwan 545 Republic of China

陳福成先生收
116 台北市萬盛街74-1號2樓

圖書大樓模型圖

陳福成先生　惠鑒：

　　荷蒙103年11月惠贈珍貴圖書 6 冊，不惟裨益於本校圖書館館藏之充實，且嘉惠本校師生良多。所贈圖書，業已分編上架，以供讀者閱覽。隆情高誼，特此致謝。

專此　併頌

　　時祺

　　　　　　　國立暨南國際大學圖書館　敬上

陳福成先生 惠鑒：

　　荷蒙 96 年 6 月惠贈珍貴圖書 2 冊，不惟裨益於本校圖書館館藏之充實，且嘉惠本校師生良多。所贈圖書，業已分編上架，以供讀者閱覽。隆情高誼，特此致謝。

專此　併頌

　　　時祺

　　　　　　　國立暨南國際大學圖書館　敬上

陳 福 成先生惠鑒：

　　荷蒙105年9月惠贈珍貴圖書2冊，不惟裨益於本校圖書館館藏之充實，且嘉惠本校師生良多。所贈圖書，業已分編上架，以供讀者閱覽。隆情高誼，特此致謝。

專此　併頌

　　　時祺

　　　　　　　國立暨南國際大學圖書館　敬上

淡江大學覺生紀念圖書館
Tamkang University Library

敬啟者：

　　承蒙 惠贈『臺灣大學退休人員聯誼會會務通訊第 1-64 期合集』圖書 1 冊，深感厚意，謹致謝忱。今後尚祈源源惠賜，以增輝我館典藏為禱。

　　此致

台灣大學台大退休人員聯誼會

淡江大學覺生紀念圖書館 敬啟

中華民國 104 年 1 月 14 日

聯絡人：林怡軒小姐

電話：886-2-26215656 轉 2148

傳真：886-2-26209918

E-Mail：yihsuan@mail.tku.edu.tw

陳福成先生/小姐道鑒：

　承蒙 惠贈『洪門、青幫與哥老會研究：兼論中國近代秘密會黨』

等圖書6冊，深感厚意，謹致謝忱。今後尚祈源源惠賜，以增輝我

館典藏為禱。耑此

　　敬頌

時祺

　　　　　　　　　　淡江大學覺生紀念圖書館 敬啟

　　　　　　　　　　　　　2014 年 12 月 24 日

聯絡人：林怡軒小姐

電話：886-2-26215656#2148

傳真：886-2-26209918

E-Mail：yihsuan@mail.tku.edu.tw

陳福成先生/小姐道鑒：

　承蒙 惠贈『那些年，我們是這樣談戀愛的』等圖書4冊，深感

厚意，謹致謝忱。今後尚祈源源惠賜，以增輝我館典藏為禱。耑此

　　敬頌

時祺

淡江大學覺生紀念圖書館 敬啟

2015年4月13日

聯絡人：林怡軒小姐

電話：886-2-26215656#2148

傳真：886-2-26209918

E-Mail：yihsuan@mail.tku.edu.tw

陳福成先生/小姐道鑒：

　　承蒙惠贈『三黨搞統一』等圖書2冊，深感厚意，謹致謝忱。今

後尚祈源源惠賜，以增輝我館典藏為禱。耑此

　　敬頌

時祺

淡江大學覺生紀念圖書館 敬啟

中華民國一○五年五月三十一日

聯絡人：蔡雅雯小姐

電話：886-2-26215656#2148

傳真：886-2-26209918

E-Mail：tsaiyw@mail.tku.edu.tw

陳福成先生/小姐道鑒：

　　承蒙惠贈『台大教官興衰錄』等圖書2冊，深感厚意，謹致謝忱。今後尚祈源源惠賜，以增輝我館典藏為禱。耑此

　　敬頌

時祺

淡江大學覺生紀念圖書館 敬啟

中華民國一〇五年八月三十一日

聯絡人：蔡雅雯小姐

電話：886-2-26215656 #2148

傳真：886-2-26209918

E-Mail：tsaiyw@mail.tku.edu.tw

敬啟者：

頃承　惠贈書刊，清單如附，深感厚意。本
館將依「逢甲大學圖書館交贈資料作業處理
原則」處理。敬申謝忱。耑此　順頌
時祺

　　　　　　逢甲大學圖書館　　敬上
　　　　　　103 年 9 月 5 日
計收：「日本問題」的終極處理：廿一世紀中
國人的天命與扶桑省建設要綱等共
　　　　　　　　　　　　　　1冊

Dear Sir/ Madam :
The above listed book(s)/item(s), generously
donated by you/your organization, have been
received by the Feng Chia University Library.
It/they will be processed according to our policy
for donated books and items.

With many thanks,

Feng Chia University Library
Date:

Stamp
here

郵遞區號：100-74
收件地址：臺北市羅斯福路 1 段 72 巷
　　　　　4 號
收件單位：文史哲出版社陳福成

敬啟者：

頃承　惠贈書刊，清單如附，深感厚意，本
館將依「逢甲大學圖書館交贈資料作業處理
原則」處理。敬申謝忱。耑此　順頌
時祺

逢甲大學圖書館　敬上
103年 11月 18日

計收：最後一代書寫的身影 寄去六冊

Dear Sir/ Madam：
The above listed book(s)/item(s), generously
donated by you/your organization, have been
received by the Feng Chia University Library.
It/they will be processed according to our policy
for donated books and items.

With many thanks,

Feng Chia University Library
Date:

Stamp
here

TO
郵遞區號：116
收件地址：台北市
收件單位：陳福成

敬啟者：

頃承　惠贈書刊，清單如附，深感厚意，本
館將依「逢甲大學圖書館交贈資料作業處理
原則」處理。敬申謝忱。耑此　順頌
時祺

逢甲大學圖書館　敬上
104年 3月 10日

計收：詩海等五冊

Dear Sir/ Madam：
The above listed book(s)/item(s), generously
donated by you/your organization, have been
received by the Feng Chia University Library.
It/they will be processed according to our policy
for donated books and items.

With many thanks,

Feng Chia University Library
Date:

Stamp
here

TO
郵遞區號：116
收件地址：台北市
收件單位：陳福成先生

敬啟者：

頃承　惠贈書刊，清單如附，深感厚意，本館將依「逢甲大學圖書館交贈資料作業處理原則」處理。敬申謝忱。耑此　順頌

時祺

逢甲大學圖書館　敬上

104 年 1 月 6 日

計收：台灣大學退休人員聯誼會會訊
通訊

Stamp here

TO

郵遞區號：106
收件地址：台北市羅斯福路四段一號
　　　　　台大退聯會
收件單位：國立台灣大學
　　　　　台大退休聯誼會 陳福成先生

Dear Sir/ Madam：

The above listed book(s)/item(s), generously donated by you/your organization, have been received by the Feng Chia University Library. It/they will be processed according to our policy for donated books and items.

With many thanks,

Feng Chia University Library
Date:

敬啟者：

頃承　惠贈書刊，清單如附，深感厚意，本館將依「逢甲大學圖書館受贈資源處理施行準則」處理。敬申謝忱。耑此　順頌

時祺

逢甲大學圖書館　敬上

104 年 9 月 1 日

計收：因緣等共二冊

Stamp here

TO

郵遞區號：116
收件單位：臺北市萬盛街　　號　樓
收件單位：陳福成先生

Dear Sir/ Madam：

The above listed book(s)/item(s), generously donated by you/your organization, have been received by the Feng Chia University Library. It/they will be processed according to our policy for donated books and items.

With many thanks,

Feng Chia University Library
Date:

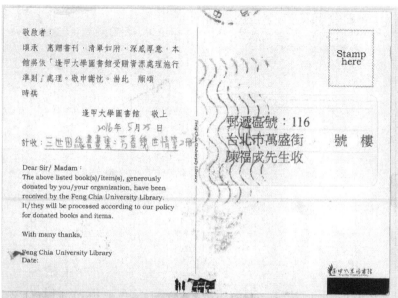

義守大學圖書與資訊處
I-Shou University Office of Library & Information Services

地址：
校 本 部：84001高雄市大樹區學城路一段1號
電　話：(07)657-7711轉2722
醫學院區：82445高雄市燕巢區角宿里義大路8號
電　話：(07)615-1100轉3573
E-mail:libacq@isu.edu.tw
Http://www.lib.isu.edu.tw

義守大學
圖書與資訊處

I-Shou University Office of Library & Information Services

感　謝　函
Thank you letter

陳福成　先生　　：頃承

惠贈圖書，深紉　厚意。除登錄編目善為珍藏以供眾
覽外，謹此鳴謝。　並頌

時綏

On behalf of I-Shou University, I would like to express my deep appreciation to your donation of books for the purpose of enhancing our capacity in education. It will bring huge benefit to those who need the books. I am sure all beneficiaries will remember you for you generous giving in the long run.

義守大學圖書與資訊處 敬啟

計收:「最後一代書寫的身影」圖書等 6 冊　　　2014/11/07

義守大學
圖書與資訊處
I-Shou University Office of Library & Information Services

感　謝　函
Thank you letter

陳福成　先生　：頃承

惠贈圖書，深紉　厚意。除登錄編目善為珍藏以供眾

覽外，謹此鳴謝。　並頌

時綏

On behalf of I-Shou University, I would like to express my deep
appreciation to your donation of books for the purpose of
enhancing our capacity in education. It will bring huge benefit
to those who need the books. I am sure all beneficiaries will
remember you for you generous giving in the long run.

義守大學圖書與資訊處 敬啟

計收：「那些年,我們是這樣寫情書的」圖書等四冊　　　　2015/02/05

義守大學
圖書與資訊處

I-Shou University Office of Library & Information Services

感　謝　函
Thank you letter

陳福成 先生　　　：頃承

惠贈圖書，深紉　厚意。除登錄編目善為珍藏以供眾
覽外，謹此鳴謝。　並頌

時綏

On behalf of I-Shou University, I would like to express my deep
appreciation to your donation of books for the purpose of
enhancing our capacity in education. It will bring huge benefit
to those who need the books. I am sure all beneficiaries will
remember you for you generous giving in the long run.

義守大學圖書與資訊處 敬啟

計收：「那些年,我們是這樣寫情書的」圖書等 4 冊　　　　2015/04/04

義守大學
圖書與資訊處
I-Shou University Office of Library & Information Services

感　謝　函
Thank you letter

陳福成 先生　　　　：頃承

惠贈圖書，深紉　厚意。除登錄編目善為珍藏以供眾

覽外，謹此鳴謝。　　並頌

時綏

On behalf of I-Shou University, I would like to express my deep

appreciation to your donation of books for the purpose of

enhancing our capacity in education. It will bring huge benefit

to those who need the books. I am sure all beneficiaries will

remember you for you generous giving in the long run.

義守大學圖書與資訊處 敬啟

計收：「原策艱辛非尋常」書籍2冊　2016/07/06

世新大學圖書館

敬啟者：頃承

惠贈佳籍，至紉

高誼。已編目珍藏，供眾閱覽。謹肅

蕪箋，藉申謝忱。　此致

陳福成先生

世新大學圖書館

【最後一代書寫的身影】等書六冊。

中華民國一〇三年十一月三日

電　話：(〇二)二二三六八二二五轉二二六四
傳　真：(〇二)二二三六〇四二九
承辦人：盧曉梅
e-mail:hmlu@cc.shu.edu.tw

世　新　大　學
圖　書　館
Shih Hsin University
敬啟

11604
台北市文山區木柵路一段十七巷一號
世新大學圖書館　技術服務組
施卓群寄

圖一〇三技贈字第〇三四號

敬愛的陳福成先生：

　　感謝您贈送大作「五十不惑：一個軍校生的半生塵影」等書五本給圖書館。

　　相信您的著作，將如「高山流水；俞伯牙遇鍾子期」一般，在本館得到知音。謹此奉上本館訂製之書籤，表達本館全體同仁的誠摯謝意。

　　耑此，敬頌

文安。

圖書館館長　葉乃靜

2014 年 12 月 2 日

敬愛的陳福成先生：

感謝您贈「臺灣大學退休人員聯誼會會務通訊」書乙本給圖書館。

謹此奉上本館訂製之書籤，表達本館全體同仁的誠摯謝意。

　　耑此，敬頌

文安。

圖書館館長　葉乃靜

　　　　　　　　2015 年 1 月 6 日

敬愛的陳福成先生：

感謝您贈「那些年，我們是這樣談戀愛的」等書五本給圖書館。

相信您的著作，將如「高山流水；俞伯牙遇鍾子期」一般，在本館得到知音。

謹此奉上本館訂製之書籤，表達本館全體同仁的誠摯謝意。

耑此，敬頌

文安。

圖書館館長　葉乃靜

　　　　　　　　2015 年 2 月 11 日

敬愛的陳福成先生：

感謝您贈「半世紀之歌：葡萄園五十周年詩選」等書四箱給圖書館。

謹此奉上本館訂製之書籤，表達本館全體同仁的誠摯謝意。

　　　尚此，敬頌

文安。

圖書館館長　葉乃靜

2015 年 1 月 15 日

敬愛的陳福成先生：

感謝您贈「台北的前世今生」一書給圖書館。

相信您的贈書將如「高山流水；俞伯牙遇鍾子期」一般，在本館得到知音。

謹此奉上本館訂製之書籤，表達本館全體同仁的誠摯謝意。

尚此，敬頌

文安。

圖書館館長　葉乃靜

2016 年 5 月 3 日

陳　福　成　先　生　　鈞　啟

國立臺中科技大學圖書館
404　台中市北區三民路三段 129 號
電話(○四)22195678

茲收到　貴單位贈送圖書「最後一代書寫的身
影」、「我這輩子幹了什麼好事」、「梁又平事件
後」、「日本問題的終極處理」、「洪門、青幫與哥
老會研究」共六冊。感謝您對文化藝術、教育傳
承的支持，讓所有莘莘學子受用無窮，承蒙惠
賜，謹此致謝。

國立臺中科技大學圖書館

陳　福　成　先　生　　　　鈞　啟

國立臺中科技大學圖書館
404　台中市北區三民路三段 129 號
電話(○四)22195678

茲收到　您贈送圖書「那些年,我們是這樣寫情
書的、那些年,我們是這樣談戀愛的、三世因緣
書畫集:芳香幾世情、台灣大學退休人員聯誼會」
共四冊。感謝您對文化藝術、教育傳承的支持,
讓所有莘莘學子受用無窮,承蒙惠賜,謹此致謝。

國立臺中科技大學圖書館

陳　　福　　成　　鈞　　啟

國立臺中科技大學圖書館
404　台中市北區三民路三段 129 號
電話(04)22195678

茲收到　貴單位贈送圖書「緣來艱辛非尋常:賞
讀范楊松仿古體詩稿」、「三黨搞統一:解剖共產
黨、國民黨、民進黨怎樣搞統一」共乙冊。感謝
您對文化藝術、教育傳承的支持,讓所有莘莘學
子受用無窮,承蒙惠賜,謹此致謝。

國立臺中科技大學圖書館

台灣大學退休人員聯誼會　鈞啟

國立臺中科技大學圖書館
404　台中市北區三民路三段129號
電話(○四)22195678

茲收到　貴單位贈送圖書「台灣大學退休人員聯誼會會務通訊」共乙冊。感謝您對文化藝術、教育傳承的支持，讓所有莘莘學子受用無窮，承蒙惠賜，謹此致謝。

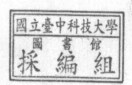

國立臺中科技大學圖書館

ASIA UNIVERSITY 亞洲大學
41354 台中市霧峰區柳豐路500號　http://www.asia.edu.tw
No. 500, Lioufong Road, Wufong, Taichung, Taiwan R.O.C. 41354
Tel:+886-4-23323456　Fax:+886-4-23316699

亞洲大學圖書館感謝函

陳福成先生：

　　承蒙　惠贈佳籍，充實本館館藏，嘉惠本校師生良多，謹表謝忱。今後如蒙源源分溉，尤為感荷。

ASIA UNIVERSITY 亞洲大學
41354 台中市霧峰區柳豐路500號
No. 500, Lioufong Rd.
Wufeng, Taichung 41354
Taiwan (R. O. C.)
Tel:+886-4-23323456
Fax:+886-4-23316699
http://www.asia.edu.tw
圖書館贈書謝函

中華民國 103 年 11 月 13 日

計收：

圖書-「六十後詩雜記現代詩集」等共 13 冊

亞洲大學圖書館感謝函

陳福成先生：

　　承蒙　惠贈佳籍，充實本館館藏，嘉惠本校師生良多，謹表謝忱。今後如蒙源源分溉，尤為感荷。

41354 台中市霧峰區柳豐路500號　http://www.asia.edu.tw
No. 500, Lioufong Road, Wufong, Taichung, Taiwan R.O.C. 41354
Tel:+886-4-23323456　Fax:+886-4-23316699

中華民國 104 年 1 月 21 日

計收：

圖書-「臺灣大學退休人員聯誼會會務通訊」共 1 冊

亞洲大學圖書館感謝函

陳福成先生：

　　承蒙　惠贈佳籍，充實本館館藏，嘉惠本校師生良多，謹表謝忱。今後如蒙源源分溉，尤為感荷。

41354 台中縣霧峰鄉柳豐路500號　http://www.asia.edu.tw
No. 500, Lioufong Road, Wufong Shiang, Taichung, Taiwan R.O.C. 41354
Tel:+886-4-23323456　Fax:+886-4-23316699

中華民國 104 年 11 月 27 日

計收：

圖書-「漸凍勇士陳宏傳」等共 2 冊(8/17 寄)

國立嘉義大學圖書館

The Library of National Chiayi University

☑蘭潭校區：　　　　　　　　　　　□民雄校區：
60004 嘉義市鹿寮里學府路 300 號　　　62103 嘉義縣民雄鄉文隆村 85 號

陳福成　先生　　　：項承

惠贈圖書　6　冊，深紉厚意。除編目善為珍藏以供眾覽外，

謹此申謝。

國立嘉義大學　公文封
NATIONAL CHIAYI UNIVERSITY
☑蘭潭校區：60004嘉義市鹿寮里學府路300號
　　總　機：05-2717000
□民雄校區：62103嘉義縣民雄鄉文隆村85號
　　總　機：05-2263411
□林森校區：60074嘉義市林森東路151號
　　總　機：05-2717000
□新民校區：60054嘉義市新民路580號
　　總　機：05-2717000

國立
嘉義大學
圖書館
採編組

祇頌

公綏

國立嘉義大學圖書館　謹啟

中華民國　103 年　11 月　11 日

國立
嘉義大學
圖書館
採編組

國立嘉義大學圖書館

The Library of National Chiayi University

☑蘭潭校區：
60004 嘉義市鹿寮里學府路 300 號

☐民雄校區：
62103 嘉義縣民雄鄉文隆村 85 號

陳福成 先生 ＿＿＿＿＿　：頃承

惠贈圖書　4 冊，深紉厚意。除編目善爲珍藏以供眾覽外，
謹此申謝。

　　祇頌

公綏

　　　　　　　國立嘉義大學圖書館　謹啓

　　　　　　　中華民國　104年　2 月　5 日

陳福成　先生：頃承

惠贈圖書，深紉厚意。除編目善為珍藏

以供眾覽外，謹此申謝。

　　祇頌

公綏

計收：緣來艱辛非尋常：賞讀范

揚松仿古體詩稿　等計2

冊

國 立 嘉 義 大 學 圖 書 館 謹 啟

民 國 一 〇 五 年 六 月 十 五 日

國立清華大學圖書館
National Tsing Hua University Library

陳福成先生您好：

國 立 清 華 大 學
NATIONAL TSING HUA UNIVERSITY
新竹市 30013 光復路二段 101 號
NO. 101, SEC. 2, KUANG FU ROAD, HSINCHU TAIWAN
電話：(03)5715131 網址：http://www.nthu.edu.tw

　　茲收到台端捐贈之《梁又平事件後：佛法對治風暴的沈思與學習》、《洪門、青幫與哥老會研究：兼論中國近代秘密會黨》、《「日本問題」的終極處理：廿一世紀中國人的天命與扶桑省建設要綱》、《我這輩子幹了什麼好事：我和兩岸大學圖書館的因緣》、《最後一代書寫的身影：陳福成往來殘簡殘存集》等書，您的惠贈豐富了本館的收藏資源，亦為廣大讀者提供更多的知識信息。特此敬申謝忱。

　　敬祝

健康平安、福樂相伴

　　　　　　　　　　　　國立清華大學圖書館採編組

　　　　　　　　　　　　民國103年11月07日

國立清華大學圖書館
National Tsing Hua University Library

陳福成先生您好：

　　茲收到您捐贈之《迷航記:, 黃埔情暨陸官 44 期一些閒話》、《「日本問題」的終極處理：廿一世紀中國人的天命與扶桑省建設要綱》、《胡爾泰現代詩臆說：發現一個詩人的桃花源》、《洪門、青幫與哥老會研究兼論中國近代秘密會黨》等書共計 4 冊，您的惠贈豐富了本館的收藏資源，亦為廣大讀者提供更多的知識信息。特此敬申謝忱。

　　敬祝

健康平安、福樂相伴

國立清華大學圖書館採編組

民國103年12月5日

親愛的陳福成先生，您好：

　　茲收到您捐贈之《洪門.青幫與哥老會研究：兼論中國近代秘密會黨》等書共計6冊，業已完成編目上架，提供讀者閱讀使用。您可利用圖書館芳名錄網頁(http://adage.lib.nthu.edu.tw/nthu/gift/)查詢捐贈納藏實況(如下圖)。敬謝之餘，尚冀續有慨贈(本館若有館藏之複本將轉贈)。您的惠贈豐富了本館的收藏資源，不僅嘉惠學子，亦為廣大讀者提供更多的知識信息。特此敬申謝忱。

　　敬祝

健康平安、福樂相伴

國立清華大學圖書館
National Tsing Hua University
LIBRARY

館長　林福仁

民國103年12月18日

National Tsing Hua University Library WebPAC
國立清華大學圖書館 館藏查詢系統

#		書刊名 ↑↓	作者/出版者 ↑↓	出版年 ↑↓	資料類型 ↑↓	館藏地(總冊數/已外借)	索書號 ↑↓	衛星連結
1		「日本問題」的終極處理：廿一世紀中國人於天命與扶桑省藐魅魍魎 /	陳福成/文史哲，	2013	圖書	總圖(1/0)	535.731 8733 2013	Findit@NTHU
2		洪門、青幫與哥老會研究：兼論中國近代秘密會黨 /	陳福成/文史哲，	2014	圖書	總圖(1/0)	546.9 8733/2	Findit@NTHU
3		嚴又平事件後：佛法對治風暴的沉思與學習 /	陳福成/文史哲，	2014	圖書	總圖(1/0)	225.8707 8733	Findit@NTHU

敬啟者： 頃承 陳福成先生

惠贈書刊 6 冊，謹致謝忱。不僅裨益本校圖書館館藏之充實，且嘉惠本校師生良多。隆情高誼，特此致謝。耑此

　　　敬頌

時祺

　　　　　　　　　　　國立臺北教育大學圖書館　　謹啟

　　　　　　　　　　　　　中華民國 103 年 11 月 6 日

http://www.lib.ntue.edu.tw

敬啟者：頃承　陳福成先生

惠贈書刊　5　冊，謹致謝忱。不僅裨益本校圖書館館藏之充實，

且嘉惠本校師生良多。隆情高誼，特此致謝。耑此

　　　敬頌

時祺

　　　　　　　　　國立臺北教育大學圖書館　　謹啟

　　　　　　　　　中華民國104年2月16日

http://www.lib.ntue.edu.tw

敬啟者：頃承 陳福成先生

惠贈書刊 ＿二＿ 冊，謹致謝忱。不僅裨益本校圖書館館藏之充實，

且嘉惠本校師生良多。隆情高誼，特此致謝。耑此

　　　敬頌

時祺

國立臺北教育大學圖書館　謹啟

中華民國 105 年 5 月 26 日

註：尚讀泡湯松仔古體詩

http://www.lib.ntue.edu.tw

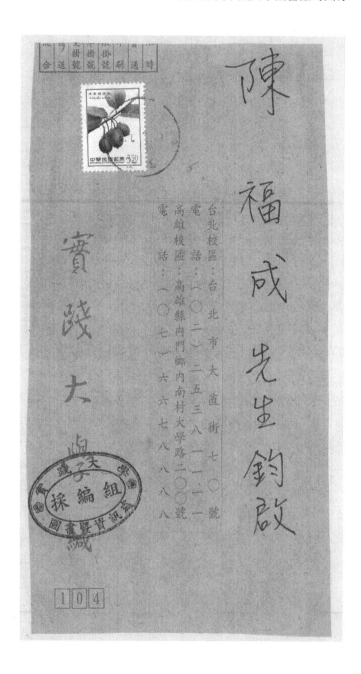

陳福成先生鈞啟

台北校區：台北市大直街七〇號
電話：（〇二）二五三八一二一一
高雄校區：高雄縣內門鄉內南村大學路二〇〇號
電話：（〇七）六六七八八八八

實踐大學

104

感謝函

敬啟者：頃蒙

惠贈『最後一代書寫的身影』等六
冊圖書，師生咸感厚意，所贈資料
除妥為陳列典藏，日後仍有相關文
獻資料著作，尚祈惠贈本館 耑此
順頌 時綏。

敬致

陳 福 成 先 生

實踐大學圖書暨資訊處 敬謝

中 華 民 國 1 0 3 年 1 1 月 6 日

贈書感謝函

執事先生、女士您好：

　　本館已經收到　貴單位慷慨贈送的圖書資料。對於您資源共享、物盡其用的理想與精神，本館除了深表敬意之外，也會效法　貴單位之精神，秉持嘉惠大眾的理想，將與他館互通有無。對於所收之圖書資料，一定會儘速處理，讓資源物盡其用，不致辜負您的美意。

謹致本館所有同仁誠摯之感謝。

南臺科技大學圖書館　　謹上

民國 104 年 03 月 04 日

◎ 計收贈書明細如下：

　　那些年我們是這樣寫情書的 等共計 4 冊

南臺科技大學

Southern Taiwan University of Science and Technology

71005 臺南市永康區尚頂里南台街一號

No. 1, Nan-Tai Street, Yongkang Dist., Tainan City 710, Taiwan R.O.C.

http://www.stust.edu.tw　　TEL:+886-6-253-3131 ext._____

南臺科技大學圖書館　Southern Taiwan University of Science and Technology Library

贈書感謝函

執事先生、女士您好：

　　本館已經收到　貴單位慷慨贈送的圖書資料。對於您資源共享、物盡其用的理想與精神，本館除了深表敬意之外，也會效法　貴單位之精神，秉持嘉惠大眾的理想，將與他館互通有無。對於所收之圖書資料，一定會儘速處理，讓資源物盡其用，不致辜負您的美意。謹致本館所有同仁誠摯之感謝。

南臺科技大學圖書館　謹上

民國 105 年 6 月 2 日

◎ 計收贈書明細如下：

　　三黨搞統一:解剖共產黨、國民黨、民進黨怎樣搞統一　等共計 2 冊

國立屏東大學圖書館 Library
National Pingtung University

陳福成 君 惠鑒：頃承

惠贈佳籍，至紉高誼。

業經拜收登錄，並將編目珍藏，供本校師生參覽。

謹肅蕪箋，藉申謝忱。

　　耑此　　敬頌

安　　祺

國立屏東大學
National Pingtung University

90003 屏東市民生路4-18號(民生校區)　電話：(08)7663800(代表號)
No.4-18, Minsheng., Pingtung City, Pingtung County 90003, Taiwan (R.O.C.)
Tel：+886-8-7663800

　　　　　國立屏東大學圖書館　敬啟

　　　　　103 年 9 月 2 日

計收：「六十後詩雜記現代詩集」等書 7 冊

國立屏東大學圖書館 Library
National Pingtung University

陳福成 君 惠鑒：頃承

惠贈佳籍，至紉高誼。

業經拜收登錄，並將編目珍藏，供本校師生參覽。

謹肅燕箋，藉申謝忱。

　　嵩此　　敬頌

安　　祺

國立屏東大學圖書館　敬啟

103 年 11 月 4 日

計收：「梁又平事件後－佛法對治風暴的沈思與學習」等書 6 冊

國立屏東大學圖書館 Library
National Pingtung University

陳福成先生 惠鑒： 頃承

惠贈佳籍，至紉高誼。

業經拜收登錄，並將編目珍藏，供本校師生參覽。

謹肅蕪箋，藉申謝忱。

　　　耑此　　敬頌

安　　祺

　　　　　國立屏東大學圖書館　敬啟

　　　　　104 年 1 月 23 日

計收：「臺灣大學退休人員聯誼會會務通訊」書 1 冊

國立屏東大學圖書館 Library
National Pingtung University

陳福成君 惠鑒： 頃承

惠贈佳籍，至紉高誼。

業經拜收登錄，並將編目珍藏，供本校師生參覽。

謹肅蕪箋，藉申謝忱。

　　　耑此　　敬頌

安　　祺

　　　　　國立屏東大學圖書館　敬啟

　　　　　104 年 2 月 12 日

計收：「那些年，我們是這樣談戀愛的」等書 5 冊

國立屏東大學圖書館 Library
National Pingtung University

No.4-18 Minsheng Rd., Pingtung City, Pingtung County 90003, Taiwan (R.O.C.)
90003 屏東市民生路 4-18 號　電話：08-7663800　傳真：08-7235352

陳福成 君 惠鑒： 頃承

惠贈佳籍，至紉高誼。

業經拜收登錄，並將編目珍藏，供本校師生參覽。

謹肅蕪箋，藉申謝忱。

　　　耑此　　敬頌

安　　祺

國立屏東大學圖書館　敬啟

104 年 8 月 18 日

計收：「俄羅斯血娃」等書 2 冊

國立屏東大學圖書館 Library
National Pingtung University

No.4-18 Minsheng Rd., Pingtung City, Pingtung County 90003, Taiwan (R.O.C.)
90003 屏東市民生路 4-18 號　電話：08-7663800　傳真：08-7235352

陳福成 先生您好：

承蒙您長期的愛護與支持，持續捐贈圖書予本館，嘉惠本校
師生。由於目前本館館藏空間已近飽和，實無法容納與典藏
您的手稿等資料，尚祈見諒！

　　　耑此　　敬頌

安　　祺

國立屏東大學圖書館　敬啟

105 年 5 月 13 日

敬啟者：頃承

惠贈三世因緣書畫等　等書共 5 冊

感荷良深，除分別編目珍藏以供眾覽

外，特此申謝。

　此致

陳福成先生

陸軍軍官學校中正圖書館　謹啟

賀園中心

中華民國 104 年 2 月 11 日

敬啟者：頃承

惠贈最後代書寫的身影等書共玉冊

感荷良深，除分別編目珍藏以供眾覽

外，特此申謝。

此致

陳福成先生

陸軍軍官學校中正圖書館　謹啓

資圖中心

中華民國 103 年 12 月 2 日

敬啓者：頃承

惠贈左列書刊深紉

厚誼、除編目珍藏以供師生閱覽參考外，

謹此申謝。弁頌

公綏

蘭陽技術學院圖書館謹啓

103年11月6日

計收最後一代書寫的身影等六冊

敬啓者：頃承

惠贈左列書刊深紉

厚誼、除編目珍藏以供師生閱覽參考外，

謹此申謝。并頌

公綏

蘭陽技術學院圖書館　謹啓

104年 2月 23日

計收 三世因緣書畫集等 5冊

國立東華大學圖書資訊中心

National Dong Hwa University Library and Information Center

1-20, Sec. 2, Da Hsueh Rd.,
Shoufeng, Hualien 97401, Taiwan, R.O.C.
TEL：+886-3-863-2835 Hsiu-Man Lin
FAX：+886-3-863-2800
http://www.lib.ndhu.edu.tw
E-mail：lsm@mail.ndhu.edu.tw

97401 花蓮縣壽豐鄉
大學路二段 1-20 號
電話：(03)863-2835 林秀滿小姐
傳真：(03)863-2800
http://www.lib.ndhu.edu.tw
E-mail：lsm@mail.ndhu.edu.tw

陳福成先生您好：

　　承蒙　惠贈《那些年，我們是這樣寫情書的》
等圖書五冊，嘉惠本校師生，助益良多，特此申
謝。

　　敬　祝

平安快樂

104 年 2 月 10 日

採編組
林秀滿小姐
電話：03-8632835

國立東華大學圖書資訊中心

National Dong Hwa University Library and Information Center

1-20, Sec. 2, Da Hsueh Rd,.
Shoufeng, Hualien 97401, Taiwan, R.O.C.
TEL：+886-3-863-2835 Hsiu-Man Lin
FAX：+886-3-863-2800
http://www.lib.ndhu.edu.tw
E-mail：lsm@mail.ndhu.edu.tw

97401 花蓮縣壽豐鄉
大學路二段 1-20 號
電話：(03)863-2835 林秀滿小姐
傳真：(03)863-2800
http://www.lib.ndhu.edu.tw
E-mail：lsm@mail.ndhu.edu.tw

陳福成先生您好：

　　承蒙　惠贈《葉莎現代詩研究賞析》圖書二

冊，嘉惠本校師生，助益良多，特此申謝。

　　敬　祝

平安快樂

105 年 9 月 1 日

採編組
林秀滿小姐
電話：03-8632835

國立高雄大學
National University of Kaohsiung
地址：811高雄市楠梓區藍田里003鄰高雄大學路700號
電話：07-5919000　分機：8732
傳真：07-5919139

ADD：No.700, Kaohsiung University Road. Nan-Tzu District 811.
　　　Kaohsiung, Taiwan.
TEL：07-5919000　EXT：8732
FAX：07-5919139

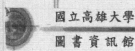

國立高雄大學
圖書資訊館

陳福成先生　鈞鑒：

　　頃承惠贈「最後一代書寫的身影」等圖書共6冊，深紉　厚意
謹致謝忱。日後如蒙源源惠贈，尤為感荷。

　　　　　　館長

　　　　　　楊　新　韋　敬上

　　　　　　中華民國103年11月4日

國立新竹教育大學

300 新竹市南大路521號
National Hsinchu University of Education
521,Nanda Rd., Hsinchu City 300, Taiwan
http://www.nhcue.edu.tw

電話：03-5213132 轉 6341 或 6312
傳真：03-5255438

116

台北市萬盛街 74-1 號 2 樓

陳　福　成　君 敬啟

敬啟者：頃承

承惠贈：《六十後詩雜記現代詩集》等書刊乙批，豐富本館典藏，深紉　高誼，除
編目珍藏以供眾閱覽外，特此申謝。

國立新竹教育大學圖書館　敬啟

103 年 9 月 10 日

景文科技大學
新北市新店區安忠路99號
JINWEN UNIVERSITY OF SCIENCE AND TECHNOLOGY
No.99, Anzhong Rd., Xindian Dist., New Taipei City 23154, Taiwan (R.O.C.)
TEL:(02)8212-2000（代表號）　FAX:(02)8212-2873
http://www.just.edu.tw

贈書感謝函

景大福獎字第1031611號

陳福成 先生 道鑒：

　103 年 11 月承蒙授贈圖書(含光碟)一批，厚實館藏、嘉惠師生，深紉厚意，不勝感禱，特致謝忱！

耑此
　　　敬頌
時祺

景文科技大學圖資處　　　　敬啟

103 年 12 月 26 日

敬啟者　陳　福　成　先生

承蒙貴單位惠贈　綠來報辛非尋常

三尊為揚統一　共2冊

本館將編目珍藏　嘉惠學子　專此申致謝

意。爾後仍請繼續支持贈予。

敬祝

福慧增長

南華大學圖書館敬上

民國107年6月日

第三篇

補遺、台灣大學因緣及其他

鄭州大學(2011)年

台灣大學(2011 年)

最自在的是彩霞

── 臺大退休人員聯誼會

陳福成 編著

2012年 文學叢刊
文史哲出版社印行

退休人員 職工及教師聯誼分會舉辦千歲宴活動

為關懷退休人員較年長者平常較少於校園活動，文康會退休人員、職工及教師三個聯誼分會5月24日假綜合體育館文康室舉辦80歲以上「千歲宴」活動。出席名單包括：教務處課務組主任郭輔義先生、軍訓室總教官宣家驊、軍訓室教官鍾鼎文、軍訓室教官鄭義峰、總務處保管組股長林　參、總務處蕭添壽先生、總務處翁仙啓先生、圖書館組員柯環月女士、圖書館閱覽組股長王鴻龍、文學院人類系組員周崇德、理學院動物系教授李學勇、法學院王忠先生、法學院工王本源先生、醫學院組員洪林寶祝、醫學院組員連興潮、工學院電機系教授楊維禎、農學院生工系教授徐玉標、農學院園藝系教授方祖達、農學院技正路統信、農學院園藝系教授康有德、附設醫院護士曾廖日妹、農業陳列館主任劉天賜、圖書館組員紀張素瑩、附設醫院組員宋麗音、理學院海洋所技正鄭展堂、理學院化學系技士林添丁、附設醫院組員葉秀琴、附設醫院技佐王瓊瑛、附設醫院技士劉人宏、農學院農化系教授楊建澤、農學院農經系教授許文富、園藝系教授洪　立、農學院森林系教授汪　淮、軍訓室教官茹道泰、電機系技正郡依俤。

楊洋池校長與出席人員合影留念

臺大校訊（12）・二〇〇四年六月十一日・第四版・

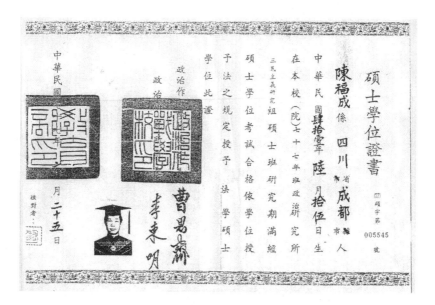

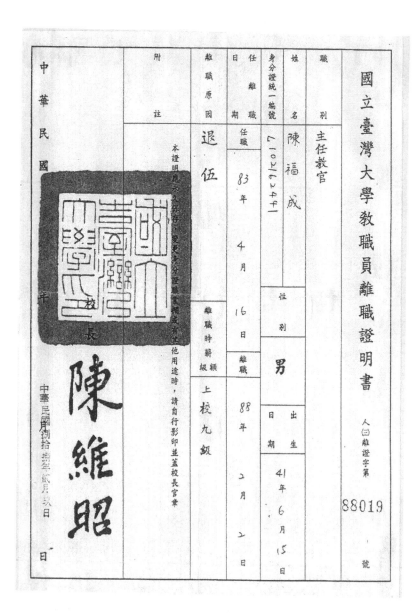

職別	主任教官	
姓名	陳福成	性別　男
身分證統一編號	7102942441	出生日期　41年6月15日
任離職日期	任職　83年4月16日	離職　88年2月1日
離職時薪級	上校九級	
離職原因	退伍	
附註	本證明應永久保存，如變更身分證職業欄或有其他用途時，請自行影印並蓋校長官章	

國立臺灣大學教職員離職證明書　（一）離證字第　88019　號

中華民國　年

校長　陳維昭

中華民國捌拾捌年貳月玖日

會協藝文國中

中國文藝協會證書

（104）文協字第 520 號

陳福成 先生

當選為中國文藝協會第三十二屆理事

任期自中華民國一〇四年五月六日至一〇八年

五月五日。

中國文藝協會

理事長 王吉隆

國際佛光會中華總會聘書

佛光定聘字第09204657號

茲敦聘　　**陳福成**　　居士

為本會　台北教師第一分會　委員

聘期：自　2009　　　1　　　1　　　起
　　　　　　　　年　　　月　　　日
　　　至　2010　　　12　　　31　　止

此聘

國際佛光會中華總會

總會長　　　釋心定

西　元　2009　　年　1月1日
佛光紀元　43

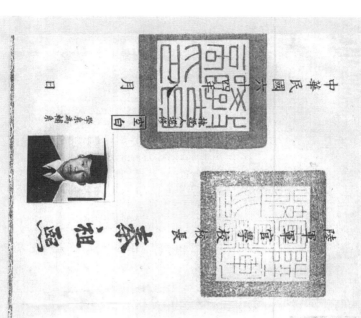

中華民國

國立臺灣大學校長

月　　　　　　日

陸軍官校

校長

姜祖堯

在本校修業期滿係第四屆畢業之學生陳福成係四川省成都市縣人

學生陳福成係四川省成都市縣人

畢業證書

（63）大字第27185號

之規定准予畢業合給此證

依大學法

授予學士學位

理學士學位

成績及格

十四學年度四期陸

中華民國肆拾肆年肆月

臺灣大學退休人員
聯誼會會務通訊

陳福成　主編

文　學　叢　刊
文史哲出版社印行

文訊 雜誌社

敬啟者：頃承

惠贈佳籍，至紉

高誼。業經拜收登錄妥為珍藏，今後如蒙源源分溉，

尤為感荷。謹肅蕪箋，藉申謝忱。

　　　此致

陳福成先生

文訊雜誌社　敬上

2014 年 10 月 14 日

計收：圖書 30 種，共 30 冊

承辦人：吳穎萍
地　址：10048 台北市中山南路 11 號 6F
電　話：(02)3343-5430
傳　真：(02)2394-6103
E-mail：wenhsun7@ms19.hinet.net

捐贈圖書清單：

1. 神劍與屠刀／陳福成著
2. 公主與王子的夢幻／陳福成著
3. 春秋正義／陳福成著
4. 頓悟學習／陳福成著
5. 一個軍校生的台大閒情／陳福成著
6. 洄游的鮭魚（BOD）／陳福成著
7. 山西芮城劉焦智《鳳梅人》報研究／陳福成著
8. 古道・秋風・瘦筆（BOD）／陳福成著
9. 三月詩會研究：春秋大業十八年（BOD）／陳福成著
10. 在「鳳梅人」小橋上－中國山西芮城三人行／陳福成著
11. 台大逸仙學會：兼論統派經營中國統一事業大戰略要領芻議（BOD）／陳福成著
12. 中國當代平民詩人王學忠詩歌?記／陳福成著
13. 我們的春秋大業：三月詩會二十年別集／陳福成著
14. 臺灣邊陲之美／陳福成著
15. 讀詩稗記：蟾蜍山萬盛草齋文存／陳福成著
16. 古晟的誕生：陳福成六十回顧詩展／陳福成著
17. 與君賞玩天地寬／陳福成著
18. 一信詩學研究：解剖一隻九頭詩鵠／陳福成著
19. 春秋詩選／陳福成著
20. 台北的前世今生：圖文說台北開發的故事／陳福成著
21. 臺北公館臺大考古導覽：圖文說公館臺大的前世今生／陳福成著
22. 漸凍勇士陳宏傳－他和劉學慧的傳奇故事／陳福成著
23. 幻夢花開一江山／本肇居士著
24. 嚴謹與浪漫之間：范楊松的生涯轉折與文學風華／陳福成著
25. 胡爾泰現代詩臆說：發現一個詩人的桃花源／陳福成著
26. 從魯迅文學醫人魂救國魂說起：兼論中國新詩的精神重建／陳福成著
27. 六十後詩雜記現代詩集／陳福成著
28. 把腳印典藏在雲端：三月詩會詩人手搞詩／陳福成編
29. 留住末代書寫的身影：三月詩會詩人往來書簡存集／陳福成編
30. 「外公」和「外婆」的詩：暨三月詩會外公外婆詩／陳福成著

臺灣大學(2014 年)

臺灣大學(2014 年)

臺灣大學退休人員參訪天帝教(2014 年)

本書編者(正中)主持臺大退聯會年度大會(2013 年)

臺灣大學總圖書館

臺灣大學文學院

臺灣大學校本部傅斯年校長墓園

臺灣大學行政大樓

陳福成著作全編 總目

拾伍、其他

2015 年 9 月後新著

編號	書　　　　名	出版社	出版時間	定價	字數 (萬)	內容性質
81	一隻菜鳥的學佛初認識	文史哲	2015.09	460	12	學佛心得
82	海青青的天空	文史哲	2015.09	250	6	現代詩評
83	為播詩種與莊雲惠詩作初探	文史哲	2015.11	280	7	童詩、現代詩評
84	世界洪門歷史文化協會論壇	文史哲	2015.12	280	6	洪門研究
85	三黨搞統一 —— 解剖共產黨、國民黨、民進黨怎樣搞統一	文史哲	2016.03	420	11	政治評論
86	緣來艱辛非尋常 —— 賞讀范揚松仿古體詩稿	文史哲	2016.05	400	9	古體詩析評
87	大兵法家范蠡研究 —— 商聖財神陶朱公傳奇	文史哲	2016.06	280	8	歷史人物研究
88	典藏斷滅的文明：最後一代書寫身影的告別紀念	文史哲	2016.08	450	10	各種手稿
89	葉莎現代詩研究欣賞	文史哲	2016.08	220	6	現代詩評
90						
91						
92						
93						
94						
95						
96						
97						
98						
99						
100						

陳福成國防通識課程著編及其他作品

（各級學校教科書及其他）

編號	書　　　　名	出版社	教育部審定
1	國家安全概論（大學院校用）	幼　獅	民國 86 年
2	國家安全概述（高中職、專科用）	幼　獅	民國 86 年
3	國家安全概論（台灣大學專用書）	台　大	（臺大不送審）
4	軍事研究（大專院校用）	全　華	民國 95 年
5	國防通識（第一冊、高中學生用）	龍　騰	民國 94 年課程要綱
6	國防通識（第二冊、高中學生用）	龍　騰	同
7	國防通識（第三冊、高中學生用）	龍　騰	同
8	國防通識（第四冊、高中學生用）	龍　騰	同
9	國防通識（第一冊、教師專用）	龍　騰	同
10	國防通識（第二冊、教師專用）	龍　騰	同
11	國防通識（第三冊、教師專用）	龍　騰	同
12	國防通識（第四冊、教師專用）	龍　騰	同
13	臺灣大學退休人員聯誼會會務通訊	文史哲	
14	把腳印典藏在雲端：三月詩會詩人手稿詩	文史哲	
15	留住末代書寫的身影：三月詩會詩人往來書簡殘存集	文史哲	
16	三世因緣：書畫芳香幾世情	文史哲	

註：以上除編號 4，餘均非賣品，編號 4 至 12 均合著。

　　編號 13 定價一千元。